Publié par Presses Aventure, une division
de Les Publications Modus Vivendi Inc.
55, rue Jean-Talon Ouest, 2ᵉ étage
Montréal (Québec) Canada H2R 2W8

Paru sous le titre original : *The Case of the Sticky Sticks*

Traduit de l'anglais par : Marielle Gaudreault

Dépôt légal - Bibliothèque et Archives nationales du Québec, 2009
Dépôt légal - Bibliothèque et Archives Canada, 2009

ISBN 978-2-89543-988-2

Nous reconnaissons l'aide financière du gouvernement du Canada par
l'entremise du Programme d'aide au développement de l'industrie
de l'édition (PADIÉ) pour nos activités d'édition.

Gouvernement du Québec – Programme de crédit d'impôt pour l'édition de livres – Gestion SODEC

Imprimé en Chine.

Un jour, Winnie a mangé du miel.
Il a mangé beaucoup de miel.
— Maintenant, je vais aller jouer,
dit Winnie.

Un bâton !

Deux bâtons !

Trois bâtons !

Quatre bâtons !

Je veux jouer aux Winnie Bâtons !

Un bâton pour Porcinet.

Un bâton pour Petit Gourou.

Un bâton pour Bourriquet.

Un bâton pour Winnie.

— Nous allons lancer les bâtons
dans le ruisseau, dit Porcinet,
et nous les verrons faire la course.
— Oui ! dit Petit Gourou.

— Un, deux, trois, lançons
les bâtons ! dit Porcinet.
Les bâtons ne tombent pas.
— Oh ! s'écrie Bourriquet.

— Un, deux, trois, lançons les bâtons,
dit Winnie.

Les bâtons ne tombent toujours pas.

— Oh ! non ! s'écrie Petit Gourou.

— Les bâtons sont collés à nous,
dit Winnie.

— Je vais chercher de l'aide, dit Porcinet.
Je vais faire appel aux Superdétectives.

Porcinet s'éloigne en courant.

— Je suis un Superdétective,
dit Winnie, mais je suis collant.

Porcinet appelle les Superdétectives
Darby, Tigrou et Buster.

SUUUPERRRDÉTECTIIIVES !

— Il est temps de mettre ma
casquette de détective, dit Darby.

— Regardez le drapeau, dit Tigrou.

C'est le pont de Winnie.

— Allons-y ! dit Darby.

Partout, toujours,
les Superdétectives sont en action!

— Regardez ! dit Porcinet. Pourquoi les bâtons sont-ils collés à nous ?

— Euh! dit Tigrou, je vérifie.

— Ah ! Je vois une substance gluante.

— Une substance gluante ?

dit Petit Gourou.

— Oui, dit Tigrou. Les Winnie

Bâtons sont collants.

— Winnie, est-ce toi qui as trouvé les bâtons ?
lui demande Darby.

— Oui, lui répond Winnie.

— As-tu touché quelque chose de collant ?
lui demande Darby.

— Non, répond Winnie. Je n'ai pas touché
quelque chose de collant.

— Réfléchis bien, dit Darby.

Qu'est-ce que tu as fait ?

— J'ai mangé, dit Winnie.

— As-tu mangé du miel ?
lui demande Darby.

— Un peu, avoue Winnie,
en fait, beaucoup.

Darby prend Winnie
dans ses bras.

— Et mon cher petit ourson
s'est-il ensuite lavé les
mains ? demande-t-elle.

— Non, répond Winnie.

— Ah ! s'exclame Tigrou.
Les mains et les bâtons
de Winnie sont couverts
de miel ! La meilleure
façon d'enlever le miel
est de laver les bâtons.

Lave, lave, lave dans le ruisseau.

Adieu, mains collantes !

Adieu, bâtons collants !

— Nous pouvons tous jouer aux Winnie Bâtons, dit Darby.

— Un, deux, trois…

Lançons les bâtons !
dit Winnie.

Et les bâtons tombent !

En bas, tout en bas...

— Hip, hip, hip !
dit Petit Gourou.

— Hourra ! dit Tigrou.

— Nous, les Superdétectives, avons la
réponse à toutes les colles ! dit Darby.

— Merci les amis, dit Winnie.